HÉSIODE ÉDITIONS

ALPHONSE DAUDET

Trois souvenirs

Hésiode éditions

© Hésiode éditions.

1 rue Honoré - 93500 Pantin.
ISBN 978-2-38512-111-2
Dépôt légal : Novembre 2022

Impression Books on Demand GmbH

In de Tarpen 42
22848 Norderstedt, Allemagne

Trois souvenirs

Au Fort-Montrouge

Souvenir d'un Trente-Sous

Le Paris du siège, au matin du 31 octobre. Dans le brouillard froid, Saint-Pierre-de-Montrouge achève de sonner un mélancolique Angelus. Le long de l'avenue d'Orléans, où de rares lumières clignotent, un fiacre à deux chevaux et à galerie, réquisitionné par le ministère de la marine, et l'un des derniers locatis en circulation, nous emmène Le Myre de Vilers et moi, dans une tournée des forts du Sud. Comme aide de camp de l'amiral La Roncière, de Vilers, presque tous les matins, est astreint à cette visite, et je l'accompagne volontiers quand je ne suis pas de garde, afin de m'approvisionner d'une foule de remontants très précieux dont les forts de Paris surabondent, comme d'énergie, d'ordre, d'endurance et de belle humeur.

– Halte-là… Qui vive ?

– Service de la marine.

La porte de Montrouge, tout embastionnée, engabionnée, hérissée de baïonnettes, s'entrebâille pour le fiacre ministériel. Pendant qu'un falot minutieux examine à la portière nos deux laissez-passer, mon compagnon – si philosophe et maître de lui d'ordinaire, – s'énerve, s'irrite. Sous la casquette plate à galons d'or, sa figure me frappe par une expression de dureté que je ne lui ai jamais vue, qui lui mincit les lèvres, creuse ses yeux plus profonds et plus noirs. Qu'y a-t-il ? Qu'est-ce qu'il me cache ? Ce causeur étincelant, adroit lanceur de paume et de repaume, pourquoi, depuis que nous sommes en route, m'a-t-il laissé parler tout seul ? Je vais le savoir sans doute…

Franchie la zone militaire, ces grandes plaines de boue et de gravats où déjà le matin blafard éclaire des larves en maraude, nous traversons

Gentilly, désert, effondré… Un coq chante au lointain, vers Bicêtre. D'une ruelle en pente, un chien affamé, furieux, s'élance en aboyant, s'acharne à nos chevaux, bondit jusqu'à la portière, nous crache en râlant la bave de ses crocs. Le temps de dire : « sale bête ! » une détonation brutale éclate à mon côté, et, parmi l'âcre fumée dont notre voiture est remplie, je vois le chien rouler les pattes en l'air et mon compagnon qui remet son revolver à l'étui.

– Vous êtes un peu nerveux ce matin, mon camarade… il doit y avoir du nouveau dans les affaires ?

Lui, très grave :

– Il y a du nouveau, en effet.

On reste encore quelques minutes sans rien se dire ; et seulement vers l'avancée du fort Montrouge, répondant à toute l'anxiété, à toutes les interrogations de mon silence, de Vilers m'annonce brusquement :

– C'est fini… Metz a capitulé. Bazaine a tout perdu, tout vendu, même l'honneur.

Ceux qui n'ont pas subi les affres du grand naufrage de 70 ne sauraient comprendre ce que nous représentait le nom de Bazaine, l'héroïque Bazaine, comme Gambetta l'appelait, l'espoir dont il fouettait notre courage, la nuit abominable où sa désertion nous plongea. Imaginez tous les cris possibles de délivrance et de joie : « Terre !… terre !… Une voile !… Sauvés !… Embrassons-nous !… Vive la France ! » Il y avait de tout cela dans ce beau nom de troupier versaillais, et tout à coup voilà qu'il signifiait le contraire. C'était à donner le vertige.

Aussi mon arrivée au fort me reste-t-elle un peu confuse. Je me souviens vaguement d'un capitaine de frégate en sabots qui nous guide par de longs corridors de caserne ; d'une pluie fine, une pluie de côte, rayant la grande cour où des matelots, en bérets bleus et vareuses, jouent au bâtonnet, avec des bonds, des cris d'écoliers en récréation ; enfin d'une marche interminable sur un chemin de ronde, gluant, luisant, où les semelles patinent, le long des gabions, des épaulements, des pièces de marine en batterie et des hauts talus que dépasse la silhouette d'un marin de vigie, son cornet à bouquin à la ceinture, prêt à signaler la bombe et l'obus allemands. Ce que ma mémoire a gardé de très précis, par exemple, c'est le rouf de toile goudronnée, dégoulinant de pluie, sous lequel les officiers de garde sont attablés devant des bols de café noir ; je vois ces visages rayonnants, tous ces bons sourires qui se lèvent vers nous : « Eh bien ! messieurs les terriens ? » Et debout, à l'entrée, sanglé dans sa longue tunique, de Vilers leur jetant l'atroce nouvelle :

« Bazaine s'est rendu... »

Il n'y eut pas un mot, pas un cri pour lui répondre ; mais un éclair jaillit, dont la tente fut illuminée, un éclair fait de tous ces regards confondus, de tous ces yeux noirs, bleus, mocos, ponantais, celui-là aigu comme un coup de stylet, l'autre fervent comme un cantique de Bretagne, et l'on put lire à la clarté de cette flamme l'héroïque résolution que vous veniez de prendre, vous tous, Desprez, Kiesel, Carvès, Saisset, tombés depuis sur ce bastion no 3, ce bastion d'honneur où vous m'êtes apparus, le matin du 31 octobre.

Ah ! ce bastion no 3, c'est aux premiers jours de janvier, deux mois après notre visite, qu'il fallait le voir, avec ses embrasures démolies, les abris des hommes effondrés, à son mur une large brèche, et cette trombe de fer et de feu qui l'enveloppait du matin jusqu'à la nuit. Pareil au cri des paons les jours d'orage, le cornet de la vigie sonnait sans relâche. « On n'a pas le temps de se garer ! » disaient les servants de pièce en tombant. Et les autres quartiers n'étaient guère mieux abrités. Pour traverser les cours désertes, jonchées d'éclats d'obus, de bris de vitres, dans une odeur de poudre et d'incendie, les matelots rasaient les murs de leurs casernes défoncées, à l'abandon. Plus une pierre debout aux deux corps de logis de l'entrée ; les hommes de garde, comme tout l'équipage du reste, obligés de se blottir sous les blindages faits de mauvaise terre, de la terre hachée depuis deux mois par les obus, friable, sans consistance, et où les coups de casemate étaient fréquents.

Un soir, dans le réduit blindé qui lui servait de cabine, le commandant du fort voyait entrer le capitaine de frégate de L…, nouvellement arrivé à bord – comme on disait – pour remplacer le chef d'une compagnie de canonniers, qui avait eu l'épaule emportée par un obus.

« Mon commandant, dit l'officier avec une pauvre bouche blêmie, contracturée, qui mâchait les mots rageusement au passage, je suis un homme déshonoré, perdu… Je n'ai plus qu'à me faire sauter.

– De L…, mon ami, qu'y a-t-il ?

La main du commandant écartait la petite lampe suspendue, éclairant les murs de l'étroit réduit, mais l'empêchant de bien voir le vigoureux soldat à la longue tête exaltée debout en face de lui.

– Il y a… – oh ! le malheureux, que c'était donc pénible à dire !… – il y a qu'en arrivant sur le bastion, le feu… eh bien ! le feu m'a surpris. J'ai eu peur, là… Qu'est-ce que vous voulez ? Je n'avais jamais fait la guerre ; seulement une fois, au Mexique, mais rien de sérieux… Alors, sous cette grêle de mitraille, à deux ou trois reprises j'ai été lâche, j'ai salué l'obus, comme ils disent ; et les hommes m'ont vu. Je les ai entendus rire… Depuis, ç'a été fini. Tout ce que j'ai pu faire… Entre mes matelots et moi, il y a quelque chose qui ne va pas, qui n'ira jamais. Une chanson circule à bord… ça se chante sur l'air des Barbanchu… mais vous la connaissez, sans doute ?… Partout où je passe, moi je l'entends, cette chanson, ou je m'imagine l'entendre… Ah ! bon Dieu !… La nuit, le jour, j'ai ça qui bourdonne dans ma tête avec le rire de ces bougres-là... C'est à en mourir ! »

Il avait mis sa casquette de marine devant ses yeux et pleurait tout bas, comme un enfant. Dehors s'entendait le fracas des bombes, bruit sourd de la mer sur les brisants. À chaque coup, la cabine craquait, tanguait, s'emplissait de poussière ; et la petite lampe dans un halo rougeâtre, se balançait avec un mouvement de roulis.

– De L..., mon ami, vous êtes fou ; je vous dis que vous êtes fou... Mettez-vous là. »

Le pauvre diable se défendait, il avait honte ; mais son chef l'assit de force près de lui au bord du petit lit de fer qui servait de siège, et la main sur son épaule, affectueux, paternel, dit ce qu'il fallait dire pour apaiser cette âme en détresse, la détendre. Voyons, il n'avait que des amis à bord ; et à Montrouge on n'aimait pas les lâches. D'ailleurs, pourquoi parler de lâcheté ? À qui cela n'était-il pas arrivé de saluer l'obus ? Surtout les premières fois. Venant après tout le monde, n'ayant pas eu le temps de s'acclimater, rien de plus naturel que ce tressaut nerveux, cette faiblesse d'une seconde à laquelle personne n'échappait. « Vous m'entendez bien, de L..., personne... Nos marins qui sont devenus des héros aujourd'hui, qui vivent dans le feu comme des salamandres, et joueraient au foot-ball avec des bombes allumées, si vous les aviez vus, il y a deux mois, quand la vraie partie s'est engagée... Ils n'en menaient pas large, lorsqu'il fallait sortir des casemates... Savez-vous que l'amiral Pothuau, le soldat le plus brave de la flotte, venait deux fois la semaine faire le tour de nos remparts, rester des heures en plein feu, pour donner à nos hommes une leçon de tenue ? Cette leçon, nous en avions tous besoin à ce moment-là... Voilà la vérité, mon cher... ne vous tracassez donc pas pour des foutaises. Vous êtes un excellent officier, que nous aimons, que nous estimons tous. Allez la tête haute, et surtout souvenez-vous : il n'y a pas de gros chagrin qui tienne, ici on ne peut mourir, on ne doit mourir qu'en combattant et face à l'ennemi.

– Je m'en souviendrai. Merci, mon commandant.

Il s'essuya les yeux et sortit.

Entendit-il encore fredonner l'atroce refrain ? C'est probable. Des témoins ont affirmé que pendant les derniers jours du siège, de L… chercha la mort passionnément, prenant le milieu des cours aux heures foudroyantes, se tenant, pour commander le feu, droit et déployé comme un drapeau, sur le parapet du bastion. Mais la mort est une coquette. Avec elle on ne peut compter sur rien. Vous lui dites : « Arrive donc… » elle se dérobe, vous donne des rendez-vous pour le plaisir de les manquer. On ne comprend plus.

De L… en était là ; il ne comprenait plus et se demandait s'il aurait le courage de vivre jusqu'à la fin, lorsqu'une nuit de janvier, le 26, à minuit sonnant, tous les forts de ceinture et de banlieue, ces lourdes galiotes de pierre embossées à nos portes et dont les batteries tiraient sans interruption depuis trois mois, tous les forts, redoutes, secteurs, après une dernière et formidable bordée qui enveloppa la ville d'une écharpe de flamme rouge et blanche, se turent subitement : Paris était vaincu.

Trois jours après, le matin de l'évacuation des forts, par une brume dorée et tiède où se devinait un printemps adorable, pressé de nous faire oublier le glacial et sinistre hiver du siège, l'équipage de Montrouge, assemblé par compagnies, l'appel et les sacs faits, les fusils en faisceaux, attendait dans les cours les sonneries du départ. Après la nuit des casemates, cela semblait bon, ce soleil roux, cette brise fraîche et tout ce plein air où l'on pouvait s'espacer sans recevoir des morceaux de chaudron sur la tête. Des moineaux, sortis de leurs trous, piquaient le brouillard de petits cris. Malgré tout, quelque chose serrait le cœur de nos mathurins, leur étreignait la gorge à l'aise cependant sous les larges cols bleus, et dans ce grand silence, si nouveau pour chacun, ils se parlaient bas, comme gênés. « Si on faisait un bâtonnet, en attendant ?… » proposa un fusilier de la flotte, un tout jeune. On le regarda comme s'il tombait de la lune. Non, de vrai, ils n'avaient pas le cœur à ça.

Au même instant, le capitaine de L…, qui cherchait ses canonniers, les appela d'un geste autour de lui. Il était en grande tenue, sa croix, sa haute taille, et une paire de gants blancs tout frais qu'il pétrissait dans sa forte main :

– Matelots, je vous fais mes adieux… – Sa voix tremblait un peu, mais se rassurait à mesure… – Je m'étais juré que, moi vivant, pas un Prussien ne mettrait les pieds ici. Le moment est venu de tenir ma parole. Quand le dernier de vous passera la poterne, votre capitaine aura fini de vivre. Il avait perdu votre estime ; j'espère que vous la lui rendrez, assurés maintenant que ce n'était pas un lâche… Bonne route, mes enfants ! »

Et ce fut fait, comme il avait dit. À peine l'équipage parti, clairons en tête, deux détonations venues du pavillon des officiers retentissaient dans la solitude et le silence du fort. On trouva de L… expirant sur son lit, deux balles dans la tête, son revolver d'ordonnance encore fumant sur l'oreiller.

On a fait de cette mort une légende à la Beaurepaire ; mais ce que je raconte, à part quelques détails de mise en scène, est l'histoire vraie, et moins héroïque peut-être, elle m'a paru aussi belle et plus humaine, plus de notre temps que l'autre.

À la Salpêtrière

Souvenir d'un Carabin

Le cabinet de Charcot, à la Salpêtrière, un matin de consultation, il y a dix ou douze ans. Aux murs, des photographies de naïves peintures italiennes, espagnoles, représentant des saintes en prière, des extasiées, convulsionnaires, démoniaques, la grande névrose religieuse, comme on dit dans la maison. Le professeur assis devant une petite table, cheveux longs et plats, front puissant, lèvre rase et hautaine, regard aigu dans la pâle bouffissure de la face. Va-et-vient de l'interne en tablier blanc et calotte de velours, des yeux fins envahis d'une grande barbe ; assis autour de la salle, quelques invités, la plupart médecins, russes, allemands, italiens, suédois. Et commence le défilé des malades.

Une femme du Var amène à la consultation sa petite fille, hideuse, courte et boulotte, plaquée aux joues de rouges cicatrices. Dans la toilette verte et jaune d'un dimanche méridional la taille s'enfle et déborde. L'enfant est enceinte. Vase informe tombé au feu, manqué à la cuisson, on se demande comment elle a pu devenir mère. « Pendant un accès d'épilepsie… » dit Charcot, tandis que la femme du Var, geignarde et veule, nous raconte l'endisposition de sa demoiselle, comment ça la prend, comment ça s'en va. Le professeur se tourne vers l'interne :

– Y a-t-il du feu à côté ? Déshabillez-la, voyez si elle a des taches sur le flanc… L'accent de là-bas, cette laideur, j'étais ému ; bien plus encore à la malade suivante. Une enfant de quinze ans, très proprette, petite toque, jaquette en drap marron, figure ronde et naïve, le portrait du père, un petit fabricant de la rue Oberkampf, entré avec elle.

Assis au milieu de la salle, timides, les yeux à terre, ils s'encouragent de regards furtifs. On interroge la malade. Quel navrement ! Il faut tout dire, bien haut, devant tant de messieurs, et où la tient le mal, la façon dont elle tombe et comment c'est arrivé. « À la mort de sa grand'mère, monsieur le docteur », dit le père.

– Est-ce qu'elle l'a vue morte ?

– Non, monsieur, elle ne l'a pas vue... »

La voix de Charcot s'adoucit pour l'enfant : « Tu l'aimais donc bien, ta grand'mère ? » Elle fait signe « oui » d'un mouvement de sa petite toque, sans parler, le cou gonflé de sanglots. Le médecin allemand s'approche d'elle. Celui-là étudie les maladies du tympan spéciales aux hystériques, il a des lunettes d'or et, promenant un diapason sur le front de la fillette, ordonne avec autorité : « Rébédez abrès moi... timange... » Un silence. Le savant triomphe ; elle n'a pas entendu. Je croirais plutôt qu'elle n'a pas compris. Longue dissertation du docteur allemand ; l'Italien s'en mêle, le Russe dit un mot. Les deux victimes attendent sur leurs chaises, oubliées et gênées, quand l'interne, à qui j'ai fait part de mes doutes, dit tout bas à la petite Parisienne : « Répétez après moi... dimanche. » Elle ouvre de grands yeux et répète sans effort : « Dimanche », pendant que la discussion continue sur les troubles auditifs de l'hystérie.

Tout à coup, le professeur Charcot se tournant vers le père :

– Voulez-vous nous laisser votre enfant ? Elle sera bien soignée.

Oh ! le « non » qu'elle a dit, terrifiée, en regardant son papa... et le tendre sourire de celui-ci qui la rassure : « N'aie pas peur, ma chérie ! » Il semble qu'ils devinent ce que serait sa vie dans cette maison, qu'elle servirait aux observations, aux expériences, comme les chiens si bien soignés chez Sanfourche, comme cette Daret et toutes les autres qu'on va faire travailler devant nous, après le défilé des malades et la consultation finie.

Daret, longue fille d'une trentaine d'années, la tête petite, les cheveux ondés, pâle, creuse, des taches de grossesse, un reniflement chronique comme si elle venait de pleurer. Elle est chez elle, à la Salpêtrière, en camisole, un foulard au cou. « Endormez-la… » commande le professeur. L'interne, debout derrière la longue et mince créature, lui appuie les mains un instant sur les yeux… Un soupir, c'est fait. Elle dort, droite et rigide. Le triste corps prend toutes les positions qu'on lui donne ; le bras qu'on allonge demeure allongé, chaque muscle effleuré fait remuer l'un après l'autre tous les doigts de la main qui, elle, reste ouverte, immobile. C'est le mannequin de l'atelier, plus docile encore et plus souple. « Et pas moyen de nous tromper, affirme Charcot, il faudrait qu'elle connût l'anatomie aussi bien que nous. »

Sinistre, l'automate humain debout dans le cercle de nos chaises, docile à tout commandement qui amène sur son visage l'expression correspondante au geste qu'on lui impose ! Les doigts en bouquet sur la bouche simulant un baiser, aussitôt les lèvres sourient, la face s'éclaire ; on lui ferme le poing dans une crispation de menace, et le front se plisse, la narine se gonfle d'une colère frémissante. « Nous pouvons même faire ceci… » et le professeur lui lève le poing pour frapper, en donnant un geste de caresse à la main droite. Toute la figure alors grimace dans une double signification furieuse et tendre, un masque enfantin qui rit en pleurant. Et toujours l'Allemand promène son diapason, son spéculum auriculaire, sondant l'oreille d'une longue aiguille.

« Il ne faut pas la fatiguer, dit le Maître, allez chercher Balmann. »

Mais l'interne revient seul, très vexé ; Balmann n'a pas voulu venir, furieuse de ce qu'on a appelé Daret avant elle. Entre ces deux cataleptiques, premiers sujets à la Salpêtrière, subsiste une jalousie d'étoiles, de vedettes ; et parfois des disputes, des engueulades de lavoir, relevées de mots techniques, mettent tout le dortoir en folie.

À défaut de Balmann, on amène Fifine, un trottin de boutique, en grand manteau, le teint rose, un petit nez en l'air, la bouche bougonne, des doigts de couturière, tatoués par l'aiguille. Elle entre en rechignant ; elle est du parti de Balmann et se refuse à travailler. En vain l'interne essaye de l'endormir ; elle pleure et résiste. « Ne la contrariez pas », dit Charcot, qui retourne à Daret reposée, très fière de reprendre la séance en reniflant. Mystère du sommeil cataleptique, entretenant autour de la malade une atmosphère légère, illusionnée, de rêve vécu ! On lui montre un oiseau imaginaire, vers les rideaux de la croisée. Ses yeux fermés le perçoivent dans son aspect et ses mouvements ailés ; son vague sourire murmure : « Oh ! qu'il est joli ! » Et, croyant le tenir, elle caresse et lisse sa main qui s'arrondit. Mais l'interne, d'une voix terrible : « Daret, regarde à terre, là, devant toi, un rat... un serpent... » À travers ses lourdes paupières tombées, elle voit ce qu'on lui montre. Commence alors une mimique de terreur et d'horreur comme jamais Rachel, jamais la Ristori ni Sarah n'en ont figuré de plus sublime ; et classique, le vieux cliché humain de la peur, partout identique à lui-même, resserrant les bras, les jambes, l'être entier dans un recul d'effarement, pétrifiant cette mince face pâle où n'est plus vivante que la bouche pour un long soupir d'épouvante.

Ah ! de grâce, réveillez-la ! On se contente de déplacer sa vision en lui montrant des fleurs sur le tapis et lui demandant de nous faire un bouquet. Elle s'agenouille, et toujours dans cette atmosphère de cristal que briserait immédiatement l'ordre d'un interne ou du professeur, elle noue délicatement ses doigts d'un fil supposé qu'elle casse entre ses dents. Pendant que nous observons cette pantomime inconsciente, quelque chose râle tout à coup, aboie d'une toux rauque dans le vestibule à côté. « Fifine qui a une attaque ! » Nous courons.

La pauvre enfant, renversée sur les dalles froides, écume, se tord, les bras en croix, les reins en arc, tendue, contracturée, presque en l'air. « Vite, des surveillantes ! emportez-la, couchez-la... » Arrivent quatre fortes filles très saines, très nettes dans leurs grands tabliers blancs, une qui dit avec un accent ingénu de campagne : « Je sais comprimer, monsieur le docteur… » Et on presse, on comprime en emportant à travers les cours ce paquet de nerfs en folie, hurlant, roulant, la tête renversée ; une possédée à l'exorcisme, comme sur ce vieux tableau de sainteté que je regarde dans le cabinet de Charcot.

Et Daret que nous avions oubliée. La grande fille, toujours endormie, continue imaginairement à cueillir des fleurs sur le tapis, à grouper, cordeler ses petits bouquets…

Déjeuner avec les internes dans la salle de garde surchauffée. En mangeant le rata du « chaloupier », plat de résistance traditionnel de la table, en buvant le vin des hôpitaux que nous verse à la ronde une vieille servante épileptique, nous causons magnétisme, suggestion, folie, et je m'amuse à raconter devant cette jeunesse fortement matérialiste un épisode étrange de ma vie, l'histoire de trois chapeaux verts achetés par moi à Munich, pendant la guerre de 1866. Ces chapeaux de feutre dur, couleur de vieille mousse des bois, avec un petit oiseau piqué dans la ganse, l'aile ouverte et des yeux d'émail, je les avais donnés en rentrant à Paris à trois de mes camarades, bons et braves garçons que j'aimais tendrement, Charles Bataille, Jean Duboys, André Gill. Tous les trois sont morts fous, et j'ai vu, j'ai entendu à des dates différentes délirer leurs trois folies sous mes chapeaux tyroliens avec le petit oiseau piqué dessus.

Mon histoire est écoutée poliment, mais comme une invention de romancier, parmi les sourires de la table. Le café pris, les pipes éteintes, le chef de clinique de Charcot me propose une promenade au quartier des folles. Dans la grande cour où pique un beau temps d'hiver, clair et froid, le soleil chauffe de pauvres démentes en waterproof, accroupies sur le pas des portes, isolées, silencieuses, sans aucune vie de relation ; chacune cloîtrée dans son idée fixe, invisible prison dont ces têtes malades heurtent les parois choquées à tout coup. À part cela, aucun signe extérieur de malaise, un masque paisible, des mouvements rationnels. Par la croisée entr'ouverte d'une salle basse, je vois une belle fille, les bras nus, la jupe relevée en tablier, frottant le carreau avec vigueur : c'est une folle.

La cour suivante que nous traversons, plantée d'arbres, est plus tumultueuse. Sur le bitume qui longe les cellules sont assises deux filles en sarrau bleu, les cheveux répandus, jolies, toutes jeunes. L'une rit aux éclats, se renverse, embrasse à pleines joues l'idiote morne, sans regard, affaissée à côté d'elle. Une autre, très grande, très agitée, se promène à pas furieux, s'approche de nous, interpelle l'interne : « Qu'est-ce que je fais ici, monsieur ? Vous le savez peut-être, moi, je ne le sais pas… » puis nous tourne le dos et continue sa course enragée. Bientôt une foule curieuse et bavarde nous entoure et nous presse. Une jeune femme en robe courte de pensionnaire, bonnet de linge éclatant de blancheur, nous raconte avec des gestes arrondis une histoire incompréhensible ; elle a un air de bonheur, de prospérité qui fait envie. La sœur de Louis XVI, c'est elle qui l'assure, une vieille à nez et à menton crochus, dit des gaillardises à l'interne, tandis qu'à une porte ouverte du rez-de-chaussée, une longue figure terreuse, crevassée, nous appelle d'un sourire aimable : « Messieurs, je fais de la peinture, voulez-vous voir de mes œuvres ? Mais, attendez que je mette d'abord mon chapeau tyrolien, je ne peins jamais qu'en chapeau tyrolien. » La pauvre créature, un instant disparue, nous revient coiffée d'un petit chapeau vert avec une plume d'oiseau, tout à fait un de mes chapeaux de Munich. Les internes restent ébahis comme moi de l'étrange coïncidence, et la malheureuse qui nous montre deux ou trois hideux barbouillages, semble toute fière de notre étonnement qu'elle prend pour de l'admiration. En partant, remarqué sur le mur de la cour quantité de ces petits chapeaux montagnards crayonnés au charbon par la folle.

La porte de sortie est large ouverte ; le triste bétail délirant qui nous suit piaille, jabote, parait s'animer de notre départ. Je me retourne une fois dehors. Sur le seuil de la cour que rien ne garde, ne ferme, qu'un grand rayon de soleil, une barre de lumière, les folles sont alignées, criant, gesticulant. Une d'elles, la vieille sœur du roi, un bras levé, l'autre arrondi sur la hanche d'un geste de vivandière, clame en voix de basse : « Vive l'Empereur ! »

Des cours, encore des cours, des petits arbres, des bancs, des waterproofs qui voltigent au vent glacé, s'agitent à grands pas solitaires, lugubres visions du déséquilibre humain, parmi lesquelles je note au passage deux silhouettes.

Dans le grand ouvroir très clair, très gai, que le docteur Voisin appelle son Sénat, et où des folles en rang sur des fauteuils cousent, tricotent, une ancienne fille publique se tient à part contre la vitre. Flétrie, desséchée, elle ne parle jamais, seulement « pst… pst… » en appel avec le sourire de profession. Plus que cela de vivant en elle, le souvenir de l'intonation et du geste infamants. Oh ! cette figure pâle derrière la haute vitre claire ; cette folle, cette morte faisant la fenêtre !

Une autre, moins cruelle :

« Vous voyez, j'attends, je vais partir », nous dit une brave femme accotée au mur d'entrée, un sac de nuit d'une main, de l'autre une serviette épinglée sur un petit paquet de route. Bonne tête de parente de province, elle sourit à la ronde, fait ses adieux ; et cela toute la journée, depuis dix ans, pour combien d'années encore !

Une Leçon

Souvenir d'un Page de l'Empire

L'hiver de 1854. J'avais vingt-trois ans. Je venais de me marier. Les petites rentes de ma femme et un emploi d'expéditionnaire au ministère de la marine, dû aux états de service de mon père Jean-Marie Saint-Albe, capitaine de frégate en retraite, nous faisaient vivoter à un cinquième étage de l'avenue des Ternes. Nina sortait peu, faute de toilette ; moi, recherché pour ma jolie voix, un Mocker un peu plus étendu, et mon habitude de la comédie de société, je fréquentais dans quelques salons de la rue de Varenne, rue Monsieur, Barbet de Jouy. Le monde officiel m'était ouvert aussi, mais je n'avais pas encore eu l'honneur de parader en culotte de casimir blanc aux réceptions des Tuileries, et je fuyais ces grandes cohues du Palais-Bourbon, des Affaires étrangères, auxquelles les dorures et les chamarrures des fonctionnaires, tous costumés en ce temps-là, donnaient l'aspect des fêtes de Valentino, parées et travesties.

Une fois pourtant, M. Ducos, ministre de la marine et mon chef, ayant eu la fantaisie de faire jouer l'opéra-comique au ministère, je consentis à chanter les deux rôles d'amoureux dans le Déserteur et Rose et Colas. Delsarte, le grand artiste, voulut bien me donner quelques conseils auxquels j'attribue sincèrement la plus large part de mon succès. Il ne signifie rien pour vous, jeunesse, ce nom de Delsarte ; mais tous ceux qui, comme moi, ont entendu, dans son humble logis de la rue des Batailles, les leçons de ce maître incomparable peuvent se vanter de connaître le chant et la déclamation… Ah ! le beau vieux. Sanglé d'une redingote interminable exagérant sa grande taille, la barbiche blanche héroïque, il arpentait d'enjambées furieuses sa chambrette de sous-lieutenant qu'élargissait un geste à la Frédérick, et devant cet horizon grelottant de toits sales, de jardinets malingres en pente jusqu'à la Seine, sous un ciel bas et enfumé de cheminées d'usines, il évoquait, animait rien qu'avec le souffle d'une bouche sans dents, démesurément ouverte, rien qu'avec les débris d'une voix aux cordes brûlées, mais d'une accentuation irrésistible, les « Spectres et larves » d'Orphée, les bergers fleuris et rococos de Monsigny et de Sedaine.

Le lendemain de mon triomphe comme acteur et chanteur dans les salons de la marine, – je dis triomphe et vous allez voir, – j'arrivai en retard au ministère, le souper et le cotillon m'ayant fait coucher au petit jour. Mon garçon de bureau, qui me guettait du fond du couloir, se jeta, dès qu'il m'aperçut :

– Vite, monsieur Saint-Albe... on vous attend chez le ministre... Deux fois que son Excellence vous fait demander.

– Moi !... Le ministre ?

Je vis tout tourner, les murs en grisaille, les fenêtres, le cuir verni des doubles portes.

Sur la grande échelle hiérarchique allant de l'empereur au cantonnier, ce que représentait un ministre à cette époque, nos jeunes de maintenant ne peuvent se l'imaginer. Un petit expéditionnaire, même après le Rose et Colas de la veille, appelé dans le cabinet de M. Ducos, dans son cabinet ! Il fallait voir l'effarement du personnel.

Le ministre était debout, quand j'entrai. Poivre et sel, de grands traits encadrés de favoris à la d'Orléans, il vint à moi, vif et familier, et me poussa par l'épaule vers un personnage très chauve et de grande allure qui se chauffait le dos à la cheminée.

– Mon cher comte, voici notre oiseau bleu... » dit le ministre avec désinvolture et déférence.

Le comte me regarda une minute, à fond, puis m'interrogea sur mon âge, ma famille... « Marié ?... pas encore d'enfant ?... Ah ! tant mieux... » Nonchalance ou fatigue, la moitié des mots restait dans sa moustache. Je ne comprenais pas toujours très bien, éprouvant du reste cet embarras où l'on se trouve devant quelqu'un qui se croit très connu de vous et dont la personnalité vous échappe totalement. L'œil vague, l'esprit en défense, on écoute, à l'affût d'un mot, d'un détail pouvant vous mettre sur la voie. Cet air de réserve, de contrainte, plut beaucoup, je l'ai su depuis et j'en eus la preuve immédiate, puisque le « cher comte » inconnu m'offrait de me prendre comme chef de cabinet, huit mille francs, logé, chauffé… le rêve !

– Ça vous va ?

Si ça m'allait !

– Eh bien ! demain matin, sept heures… au quai d'Orsay.

Il me sourit de très haut, salua de même avec une grâce insolente que je n'ai jamais connue qu'à lui et s'en fut, escorté jusqu'au petit salon d'attente par le ministre qui me revint les mains tendues, dans un bel élan d'expansion bordelaise :

– Je vous félicite, mon cher enfant.

Je le remerciai de sa sympathie ; puis, au risque de lui paraître idiot :

– Mais qui est-ce donc ?

Je ne pouvais rester dans mon incertitude. Il y a tant de comtes à Paris et le quai d'Orsay est si grand !

M. Ducos me regarda, stupéfait de ma mine ingénue.

– Comment ! vous ne savez pas ?… Mora, voyons !… Le président du corps législatif.

Et quel autre, en effet, que ce grand sceptique de Mora, cet exquis sybarite qui affectait dans la vie de peser au même poids la politique, les affaires, la musique, l'amour, quel autre aurait pu choisir pour chef de son cabinet de vice-empereur un ténorino de salon, un amoureux d'opéra-comique ? Il est vrai que sous l'amateur de flonflons expertisait un subtil déchiffreur d'êtres, un très fort maquignon qui connaissait et conduisait les hommes encore mieux que ses écuries. Je ne fus pas long à m'en apercevoir.

Huit jours après ma rencontre avec Mora, nous nous installions, Ninette et moi, dans les dépendances qu'on appelle, au Palais-Bourbon, l'hôtel Feuchères, une délicieuse maisonnette entre cour et jardin, où le vieux prince de Condé logeait sa dernière maîtresse.

Le premier soir, les meubles de notre jeune ménage espacés dans les deux vastes pièces salon et chambre à coucher, nous allumions toutes les bougies pour mieux jouir des hautes glaces, des grands plafonds dorés. Nous étions libres. Mora chassait à Chamarande avec l'empereur, et je ne craignais pas un de ces affreux coups de timbre qui allaient devenir la torture de ma vie, m'arrivant à toute heure, le matin, le soir, la nuit, m'arrachant en sursaut du lit, de la table, enchaînant ma volonté à ce cordon de tirage dont l'effort douloureux s'entendait avant le « ding ! » sous le lierre épais des murailles.

Comme nous étions loin du petit logement des Ternes, dans cet hôtel aux portes-fenêtres majestueuses drapées d'anciens lampas de cinq mètres de haut, ouvrant sur la terrasse et la faisanderie ! « Tu sais, Nina, c'est à cette espagnolette, là-bas, au fond, qu'on l'a trouvé pendu, le prince... Mais non, mais non... tu t'effrayes... ce n'est pas vrai... puisque le vieux Condé est mort en province, à Saint-Leu, je te dis... » Et, pour achever de rassurer Nina, est-ce que je n'imaginai pas, – ivresse des vingt ans et de la première fortune ! – d'esquisser en face de ma femme, sur le parquet de Mme de Feuchères, un fantastique cavalier seul baptisé par nous séance tenante « le pas des grandeurs » ?

Les bougies du salon éteintes, nous passions dans la chambre où, pendant que Nina se couchait, moi, pareil à ces machines qui, enfin rendues en gare, crachent encore un restant de vapeur grondante et fumante, je me mis à écrire à mon beau-père, brave vigneron de Bourgogne, une lettre enfantine, délirante, lui annonçant notre nouvelle position ; et pour faire comprendre à cette âme simple mais rapace la chance que c'était de courir sous le pavillon de Mora, le fameux brasseur d'affaires, je me lâchai dans des phrases imbéciles… « À nous le Grand-Central, papa, et les tourteaux de Naples et les raffineries de Lubeck !… À nous les coups de Bourse, les trafics avec les compagnies et les gros pots de vin des expropriations !… Le mot du père Guizot, un ami de la maison : enrichissons-nous !… Quand nous serons vieux et nos chevaux trop gras, l'Académie est là pour les donations vertueuses et l'Officiel pour les restitutions anonymes. »

Ma lettre fermée sur trois pages de cette extravagance, comment la pensée me vint-elle de la porter moi-même à la poste du Corps législatif ? les domestiques étaient-ils couchés ? me méfiais-je d'eux ? Ces souvenirs datent de si loin que je ne saurais rien affirmer. Ce qui est très net et que je certifie absolument, c'est qu'après cette précaution peut-être irréfléchie, je m'endormis ivre de joie, et qu'en entrant, le lendemain matin, dans mon cabinet, à l'entresol de la présidence, je trouvai cette coquine de lettre ouverte sur mon bureau, étalée, balafrée de crayon bleu !

Très jeune, une fois, je me suis noyé, noyé jusqu'au râle, jusqu'à la syncope. J'ai connu la minute où l'on meurt, ce dernier regard où tout tient, qui ramasse la vie comme dans un coup d'épervier, toute la vie, l'immense et le menu, le frisson de l'arbuste au soleil sur la rive en face qui monte, monte aux yeux qui s'enfoncent ; et mille choses du passé perdues et lointaines, visages, endroits, sonorités, parfums, qui vous assaillent toutes ensemble. Cette minute d'angoisse suprême, je la revécus devant ma lettre ouverte. Comment était-elle là ? Lui, là-haut, qu'avait-il pensé en la lisant, en retrouvant au clair de mon écriture les calomnies chuchotées, cette basse légende, menteuse comme toutes les légendes, dont Paris enguirlandait son blason royal de bâtard ?… Les mots sortaient de la page, se bousculaient devant mes yeux :

« À nous, le Grand Central… »

Et dans le silence de la matinée d'hiver ouatée de brume blanche, dans la tiédeur de la pièce capitonnée, en écoutant grésiller un luxueux feu de bois derrière le pare-étincelle, le roulement sourd des voitures sur le quai, je voyais la chambre de Mme de Feuchères, ma pauvre Ninette encore couchée, savourant son luxe nouveau, les joies de cette première journée suivie de journées pareilles, puis ma rentrée en coup de tonnerre : « Lève-toi… Nous partons… C'est fini… » Car c'était fini, sans nul doute. Que répondre à un homme qui venait de se montrer si bon ? Quelle excuse invoquer devant la preuve irréfutable ? Ma démission, sans bruit, sans phrases, c'était le seul parti brave et digne. Mais, mon Dieu ! quel arrachement.

Des pas, une porte discrète… Je me retournai ! Mora, déjà ganté, le chapeau sur la tête, élégant toujours, mais très pâle, la pâleur transparente de matins de Paris. Sans prendre garde à mon émotion, visible pourtant jusque dans mon hésitant salut, il me tendit un papier :

« Avez-vous du monde là ?… Il me faut deux copies… très nettes… pour l'empereur et l'impératrice… » Il ajouta en se rapprochant de mon bureau : « Voyez si vous lisez mon écriture… »

C'était le projet de son prochain discours pour l'ouverture des chambres, écrit de sa petite cursive nerveuse, la moitié des mots inachevés comme lorsqu'il parlait. Je lisais parfaitement.

– Alors faites vite, et apportez-moi ça aux Tuileries où je vais.

En même temps, nos regards se rencontraient électriquement sur ma lettre :

– Déchirez cette vilenie… me dit-il tout bas, sans me regarder.

– Oh ! monsieur le comte…

– Plus un mot. Il y a cela entre nous désormais… Tâchez que je l'oublie.

Et il s'en alla.

Ah ! le maître homme. Comme il me tint solidement avec cette lettre ! Quel caveçon ! Nous n'en parlions jamais ; mais que de fois je l'ai retrouvée dans l'ironie de son œil clair posé sur moi.

« À nous le Grand-Central, papa !… »

Et voyez ce que sont les hommes. À quelques mois de là, un soir, en faisant ma caisse, à la présidence, je m'aperçus qu'il me manquait deux louis. Je guettai mon garçon de bureau, c'était lui. Pauvre diable, marié, des tas d'enfants ; j'eus pitié. Mais, me souvenant de la leçon de Mora, je m'en servis à mon tour. Le coup de la lettre, le même, avec la même voix cinglante et le regard de côté : « Il y a ces deux louis entre nous, Grand-perron, tâchez de me les faire oublier ». Il me remercia en pleurant et, huit jours après, râflait toute la caisse. J'appris ainsi que les leçons ne servent jamais.

J'appris bien d'autres choses encore, chez Mora…